Un sourire…

Préface

Je voudrais consacrer ce livre en faveur de mes amis, mes parents, mes frères, ma sœur et toute ma famille. Je voudrais dédier ce livre aux gens qui tombent en dépression, où le sourire n'apparaît plus sur leurs visages.
Le monde peut sembler injuste, on ne fait pas toujours les bons choix, et on s'en désole. On a toujours imaginé un monde de rêve, sans violence, ni répugnance et d'égoïsme. Mais le monde n'est pas toujours rempli de bonheur et d'espoir. Nous souhaitons que la vie dure et qu'elle soit belle, mais nous savons qu'elle n'est pas un long fleuve tranquille. On veut pouvoir faire de bons choix, mais on n'a jamais eu l'occasion d'en faire.

La vie se présume être malheureuse et remplie d'orgueil et de malhonnêteté. Mais c'est à nous de construire notre avenir et notre bonheur.

Certains disent dans certaines circonstances que nous n'avons pas droit à l'erreur. Le monde est rempli d'échecs. Mais ce sont ses échecs qui nous rendent plus forts.

Le sourire est rare en ce monde. Il est précieux pour notre entourage. La terre est tellement déprimante que le sourire ne peut exister. Cependant, il est très important.

Les gens disent souvent que lorsqu'on sourit tout le temps, ça fait mal. C'est faux.

En neuroscience, le sourire est à l'origine de la joie, et non l'inverse. C'est-à-dire que lorsque tu souris, tu produis des hormones – de la sérotonine et de la dopamine – dans ton cerveau qui permettent de déclencher un sentiment de bonheur. Sachant que le sentiment, c'est le temps que tu accordes à ta joie. Et le cerveau essaie de reproduire en continu cette émotion. (Vu dans Et tout le monde s'en fout #Les émotions)

On m'a beaucoup dit que le monde n'était pas un monde de "Bisounours". On me reproche souvent d'être trop naïve. Mais la naïveté peut être considérée comme une qualité. Je sais parfaitement que la Terre est en crise, mais… je fais avec. Je ne suis pas la gentille colombe toute blanche, la plus candide qui soit, qui est retirée dans une grotte, non ! Je vois ce que les gens voient, je sais ce que les gens savent (enfin presque), mais je ne vais pas me mettre à déprimer non plus. Tant qu'il y a de l'espoir, il y a de la lumière. Et la lumière fait partie de la vérité. La vérité n'est pas entière, certes, mais elle est dispersée aux quatre coins du monde.

Le monde a besoin de lumière. Il a besoin de ce sourire. Et le bonheur se lit à travers ce sourire.

Certains diront en lisant cela que "sourire" est impossible avec tous ces maux. Rien est impossible quand on veut le faire.

Nous avons besoin du sourire. Mais il est rare et rares sont les gens qui sourient.

J'espère que ce livre pourra vous apprendre quelque chose d'important. Peut-être qu'il vous dira quelque chose de nouveau ?

Pour la deuxième histoire, j'ai préféré me mettre à la place de ceux qui souffraient énormément dans la vie.

On éprouve tant de choses,
Pourquoi renoncer ?
Pour chaque jour qui s'impose,
Faudra repousser
Nos limites, le mérite, d'être libre,
D'inventer un monde où tout renaît
De force ou de regret !

Donne-moi la chance de vivre

Sur ton passage.
De garder ton sourire
En héritage.
Il n'y a qu'une raison d'être :
Laisser une trace dans nos mémoires,
Et dans nos têtes.

Écouter dans la chanson "Héritage"

Aujourd'hui, nous sommes la génération à réinventer le monde. Nous avons le choix de vivre ou de mourir. Vivre, c'est d'aller de l'avant, de réunir des espoirs, et de ne pas renoncer, d'être libre. Mourir, c'est tout perdre et fermer les portes de son cœur.

Pose-moi des questions, je te donnerai mon savoir. Je n'ai pas raison, j'ai seulement ma propre histoire. J'ai choisi d'être libre, de survivre, d'inventer un monde où tout renaît de force ou de regret.

Oui, nous avons toujours un choix imposé dans nos vies. Certains choisissent de vivre, d'autres de laisser tomber et mourir.

Nous devons être fiers, et forts. Nos seules armes, ce sont l'amour et le sourire. Et le support de l'amour, c'est le sourire. Qu'importe si l'on dit que l'amour est noir, qu'importe si l'on dit que l'amour est blanc, il est toujours là et existe dans le monde. Même si l'on vous dit que tout espoir, tout amour, toute croyance est perdue, moi je crois, j'espère et j'aime. J'ai fait un choix et j'ai choisi de vivre avec le monde qui m'entoure.

L'amour ne sert à rien ?
L'amour est gratuit, contrairement à ce que les gens peuvent penser.

Nous sommes des témoins de nos propres vies, chaque savoir est important.

Le bonheur, c'est à nous de le construire.

La liberté, c'est un choix que nous prenons.

Mais il y a des obstacles à prendre dans la vie. Dans chaque cas, nous pouvons connaître nos quatre émotions de base : la tristesse, la colère, la peur et la joie. Elles sont à l'origine de nos sentiments, si nous ne réagissons pas.

Ouvrons le passage, transmettons nos témoignages, car chaque vie est importante, il n'y a aucune exception.

Il y a et aura toujours de l'espoir.

Assassin contre sourire

J'ouvrais la porte de la salle de réunion, là où tous les assassins se retrouvent pour parler de leurs précédentes ou prochaines victimes. Trois hommes étaient déjà assis à leur place habituelle autour de la longue table crasseuse en bois moulu. Deux étaient en face l'un de l'autre et le troisième en bout de table. Ils étaient en plein débat et un morceau de parchemin traînait sur la table. Une quête, je supposais. Je haussai les épaules et m'assis à ma place en bout de table, basculant la chaise vers l'arrière, tout en m'appuyant sur son dossier. Je mettais mes pieds sur la table, de manière décontractée, épuisé par la journée. Toujours la même chose : soit remplir une quête, soit poursuivre des rebelles ou être poursuivi par ceux-ci et dans ces cas-là, courir vite.

Malgré ça, j'aimais ma vie d'assassin. Traverser la ville de Paris furtivement, escalader les murs, courir sur les toits, c'est tout un art. Le petit plus était le fait de remplir des quêtes amusantes comme retrouver des objets mais les plus payées étaient celles de tuer des gens. Les clients trouvent le monde truffé de salauds ou de personnes qui dépriment.

Je m'appelle Oliver Stone, et j'avais vingt-cinq ans ce jour-là. Le parchemin était mon centre d'attention et je ne m'occupais pas des trois zigotos qui se chamaillaient pour de l'or. L'argent, je m'en fichais. Moi, c'était l'action, se débarrasser des gens qui gênent dans le monde.

Je détestais ne rien faire, alors j'ai pris mon couteau et je taillai un bout de bois. Cependant, je ne pus respirer ma tranquillité car un des assassins, le plus costaud et le plus barbu d'entre nous se tourna vers moi.

- Et toi, Oliv', t'en pense quoi ?

Je n'aimais pas ce surnom. Il m'irritait sur tous les points. Mais je restai calme.

- Je m'en fous, dis-je.

- On parlait de cette quête. Elle traîne sur la table depuis des mois.

- Ah ?

- Peut-être que ça va t'intéresser, plusieurs clients demandent la même chose. Et elle est bien payée.

À ces mots, je voulus en savoir plus. J'ôtai mes pieds de la table et je pris le parchemin. Je lis attentivement l'écriture manuscrite de la quête :

" Voler ce diamant de mille carats au musée du Louvre. "

Fastoche. Je pouvais faire cette quête les doigts dans le nez. La sécurité au Louvre était tellement nulle que n'importe qui pouvait y entrer par effraction. Je savais aussi que les caméras de surveillance étaient à renouveler, car un assassin était passé par là et qu'il avait détruit tout le matériel de sécurité, il n'y avait pas si longtemps. Le diamant en question se situait dans une salle au fin fond du Louvre, dans la pièce des Pharaons. On dit que ce diamant avait appartenu à Néfertiti, la mère de la femme de Toutankhamon. Ce bijou pouvait coûter dans les milliers et justement la quête était bien payée pour un simple diamant.

- Je prends, dis-je.

- Eh attends ! On était…commença un des assassins, nommé le Borgne car il n'a plus qu'un œil.

Mais je ne les écoutais plus. Je me levais, la feuille dans ma main gauche, et poussai la porte pour sortir furtivement. J'avais toujours rêvé d'entrer dans ce fameux musée si célèbre. Je voulais voir aussi le tableau illustre de Léonard de Vinci, la belle Monica appelée la Joconde.

Je mettais ma capuche sur mes cheveux bruns ébouriffés et j'aiguisai mon couteau encore un peu avant d'agir. Puis, je m'assurais que mes bottes noires soient impeccables pour la mission. Et enfin, je sautai sur un toit pour observer encore une fois la ville de Paris. Vu d'en haut, on a l'impression qu'on est le maître des lieux, on se sent plus grand, plus fort. La tour Eiffel était devant moi, toute grisée, dont la pointe était cachée par la brume du soir. La lune éclairait déjà les nuages et se reflétait dans la Seine.

Je secouai mes épaules et je commençai à courir sur le toit, enjambant les cheminées et contournant les antennes. Je sautai pour passer d'un toit à un autre et enfin j'arrivai à destination. Du haut de mon toit, je voyais cette petite pyramide de verre qui, autrefois, était un château. Je me demande d'ailleurs pourquoi nous l'avons remplacé par cette horreur. Je m'aidai d'une gouttière pour descendre et regardai autour de moi. Il n'y avait que des touristes, ces chinois qui envahissent Paris de leur flash avec leur appareil photo. Je pouvais donc passer inaperçu, sans que l'on me reconnaisse, car oui j'étais recherché dans toute la ville – et dans toute la France. J'évitais toute rencontre de regard et allai droit devant moi.

Les chinois ne me regardaient même pas. Ils préféraient prendre en photo le ciel ou le Louvre et aussi les bâtiments à côté. Je m'approchai de mon but rapidement. Sans qu'on m'aperçoive, j'entrai dans le Louvre de manière furtive, et je marchais à pas de loup dans le couloir des tableaux. C'était risqué, mais je voulais absolument voir ce fameux diamant. J'aperçus soudainement deux gardes de sécurité. Je ne pouvais retourner en arrière alors je m'avançai vers eux et sans qu'ils réagissent, je plantai mes deux poignards dans leur ventre. Ils s'écroulèrent silencieusement et je remis mes armes en place. J'approchai la salle des Pharaons lorsqu'une jeune fille, tenant un cahier entre les mains apparut dans mon champ de vision. Elle m'a vu. Je me suis dit que je me devais de la tuer mais… quelque chose me l'en empêchait.

Elle souriait. Et quand elle me vit, elle sourit encore plus. Rien que de la voir sourire, je m'arrêtai sans m'en rendre compte. Elle s'avança vers moi et me dit gentiment :

- Bonjour monsieur, puis-je vous aider ?

Il ne fallait aucun témoin pour la mission. Et pourtant, j'ai accepté. Elle paraissait si gentille, si polie, que je ne pouvais pas refuser ! Un bel assassin comme moi pouvait profiter de temps en temps la compagnie d'une femme. Je restai derrière elle, et l'examinai : cheveux longs bruns, bien coiffés, une veste bleu marine, une jupe blanche et des ballerines. Quand je l'ai vue de face, ses yeux étaient bleus, d'un bleu magnifique. On pouvait s'y plonger dedans. C'était comme un océan. Elle marchait d'un bon pas, ce qui m'arrangeait car je voulais remplir ma quête rapidement. Elle ne disait rien. Ses pas résonnaient dans le couloir, tandis que les miens étaient silencieux. Enfin, nous arrivions dans la pièce du célèbre pharaon. Elle se tourna vers moi.

- Voici la…

- Oui, oui, je sais, la coupai-je avant de bondir sur le diamant qui se trouvait dans un coin de la pièce.

Elle n'a rien dit, juste sourit. Rah, ce sourire va me rendre fou ! Pourquoi sourit-elle ? Mais pourquoi ça m'énerve ?

Sans qu'elle dise quoique ce soit, je m'éclipsai de la salle et sortis du Louvre, sans le diamant. Je grimpai sur la gouttière et sautai de toit en toit jusqu'au repaire des Assassins, une cabane abandonnée dans un quartier sombre, le lieu du tout début. Les trois idiots étaient toujours là, autour de la table. Ils avaient l'air furieux. Le costaud me vit entrer et allait me cogner mais j'esquivais en me baissant. Je marchais à l'autre bout de la pièce, frappant la table de mon poing et y laissant la quête fripée. Le Borgne et l'autre assassin me regardèrent interloqués.

- Alors ? dit le Borgne.

- Alors rien, fis-je.

- Comment ça rien ?

Mais je ne répondis pas. Je frappai le mur de mon poing droit, dont le choc fit tomber un vase qui se brisa au sol. J'étais sur les nerfs.

- Waouh mon gars, la quête ne fut pas bonne, raconte voir ! s'exclama l'assassin dont je ne connais pas le nom et qu'on va appeler Idiot N°1.

- Je n'ai pas réussi cette quête aussi simple, c'est tout, répondis-je.

- Pourquoi ?

Je m'approchai dangereusement de lui et pris son col.

- Pourquoi ? répétai-je. Parce qu'il y a une fille bizarre !

- Bizarre ? dit-il innocemment.

Cela m'énervait. Je le repoussai violemment contre le mur et sortis de la pièce, furieux. Si jamais je revoyais cette fille, je la tuerais s'il le faut !

Je remontai sur mon toit et m'assis au bord, contemplant les lumières de la tour Eiffel qui s'allumaient au fur et à mesure. Je fis mine d'oublier cette soirée désastreuse et je commençai à m'assoupir lorsque j'entendis le bruit quand on dégaine une épée. Je me relevai et me retournai. C'était un rebelle de la ligue Carpe Nocem. Un sourire sardonique s'élargit sur mon visage et je m'élançai dans un combat sans merci.

Je fus ravi que cela se termine aussi bien. Mais je me doutais bien qu'avec cette fille, je n'étais pas au bout de mes surprises…

***

Je me réveillai en sursaut. Un cauchemar sans doute. Je tournai la tête de droite à gauche, examinant chaque recoin de ma chambre. Il me semblait que la veille, après avoir tué ce traître, je suis retourné chez moi et j'ai dû rencontrer une jolie jeune fille, car en voici une dans mon lit. Autant vous dire que je n'ai pas ménagé mes plaisirs quotidiens avec les demoiselles.

La femme dormait, la tête sur mon torse nu, la main sur ma joue. Je la fis basculer de l'autre côté doucement puis je me levai et m'habillai de mon uniforme d'assassin. Ce fut une très mauvaise idée car cette petite garce se réveilla aussi et hurla en me voyant :

- Ah ! Un assassin !

Je soupirai et la fis taire en lui montrant mon poignard. Elle se tut net. C'est incroyable comme les armes sont efficaces dans ces cas-là.

- Regarde au moins avec qui tu couches, lui dis-je avant de m'en aller.

Je descendis dans la rue et m'enfouis dans la foule. Personne ne me regardait, tout le monde était sur son téléphone portable, obnubilé par l'écran. C'est tellement déprimant. Le monde semble si addictif devant ces choses qui n'ont aucune valeur. Pour moi, ce qui a de la valeur, c'est l'action et les petits plaisirs que donne la vie.

Je marchais d'un pas rapide, pressé de retourner au repaire mais lorsque j'aperçus deux policiers qui me fixaient, je sus qu'il fallait que je coure. Ce que je fis prestement, les policiers à mes trousses. J'avais le sourire aux lèvres : un peu d'action pour débuter la journée ! Je grimpai par la gouttière pour monter sur un toit, sous les yeux des gens qui avaient décollé leur nez de leur portable. Je jetais un coup d'œil en bas puis, j'étendis les bras en m'écriant :

- Salut Paris ! Belle journée, n'est-ce pas ?

Je ricanais sous les regards furieux des policiers et je partis sans demander mon reste. Le ciel était couvert de nuages gris, comme d'habitude. J'enjambai le vide au-dessus des quartiers qui me séparait d'un toit à un autre. J'arrivais devant le pont Alexandre qui était suspendu au-dessus de la Seine et là-bas, on pouvait voir la tour Eiffel. À côté, pas très loin, il y avait le Louvre. Le sourire de la jeune fille fit tilt dans mon cerveau et je la chassai de mes pensées. Pourquoi ça me préoccupe autant ? Ce n'est qu'une fille sans importance et qui est comme tout le monde ! Mais ce sourire... Je préférais penser à autre chose. Une quête ne pouvait pas me faire de mal. Et justement, je voulais à tout prix finir celle du diamant afin d'avoir l'esprit plus léger. Sur ce, je revins au musée. Je craignais toujours que la jeune fille bizarre soit là, mais non. Normal, il n'y avait personne puisque c'était fermé.

Je marchais donc dans le long couloir, sans craindre la sécurité ni les caméras. J'aperçus enfin la pièce des Pharaons et j'y entrai. Horreur ! Devant mes yeux, un homme cagoulé qui prenait le diamant ! Le voleur amateur me vit et recula en brandissant un petit revolver. Je haussai les épaules et lassé par cette quête qui n'aboutissait à rien, je lui lançai :

- Non, vas-y prends-le. Ça m'arrange.

Et je partis sous les yeux écarquillés du cambrioleur. J'étais furieux. Si cette fille n'avait pas pointé son bout du nez, j'aurais déjà volé ce diamant de milles carats ! Il fallait absolument que je la retrouve afin de lui régler son compte. Et devinez quoi ? Lorsque je me promenais sur un toit, je la vis à travers une fenêtre, faisant des crêpes. La chance me souriait. Je sautai donc de mon toit pour atterrir sur l'autre toit et descendis discrètement vers la fenêtre qui était ouverte. Je vérifiais que personne ne me regardait et j'entrai par effraction dans l'appartement de la jeune fille. Elle m'avait tourné le dos, alors je pouvais tranquillement l'achever sans qu'elle ne crie, car la plupart des victimes criait ce qui m'énervait beaucoup. Sauf qu'avant que je ne réagisse, elle se retourna et sursauta en me voyant, laissant tomber le pot de confiture qu'elle avait dans les mains.

Je soupirai et m'approchai d'elle dangereusement. Elle ne souriait plus, ce qui m'arrangeait. J'esquissai un sourire sardonique sur mes lèvres et m'apprêtais à la tuer quand elle me dit ces mots :

- Qu'ai-je fait ?

Là-dessus, je répliquai, paraissant évident de la tuer.

- Tu m'as fait raté une mission, dis-je. C'est fort insultant pour moi.

J'aurais dû me taire car elle m'adressa un sourire. Bon Dieu, elle allait crever et là, elle sourit ! Mais pourquoi ? Pourquoi ?! Pourquoi sourit-elle ?

Elle s'approcha de moi et posa une main sur mon épaule. Je la regardais faire, sans pouvoir bouger d'un poil, sans même savoir pourquoi. Elle me regarda dans les yeux. Je fis de même en fronçant légèrement les sourcils, incrédule.

- Pourquoi fais-tu ça ? me demanda-t-elle.

- Q.…quoi ?!

Je secouai la tête énergiquement et reculai brusquement, enlevant sa main.

- Pourquoi ?

- Arrête ! Tais-toi !

Elle continuait d'avancer, gardant un sourire sur son visage. C'était insupportable. Je ne pouvais la regarder et inclinai la tête en la penchant. Je pris ma tête entre mes mains, lâchant mon poignard qui était dans ma main. La jeune fille vit l'arme tomber sur le parquet et me regarda. Puis, à ma plus grande surprise, elle me sourit et ramassa le poignard. Enfin, elle me le tendit. Je relevai la tête vers elle puis vers le poignard.

- Tiens, dit-elle.

Je clignai des yeux. Et, doucement, je repris mon arme. Ma main rentra en contact avec la sienne. Elle était douce et chaude... Je pouvais la serrer dans ma main tellement sa chaleur était agréable. Je pris mon poignard, et malgré moi je retirai ma main de la sienne. Elle me sourit encore une fois. Cette fois, j'appréciais ce sourire. Il me paraissait plus chaleureux et cela me fit frémir. Je jetai un œil à l'appartement : illuminé, chaud, confortable. La jeune fille continuait de me regarder. Subitement elle me proposa de rester un peu.

- Euh... fis-je embarrassé. Oui...

J'ai passé une super soirée avec elle. On a parlé de tout et de rien, mangé des crêpes, joué à tous les jeux ennuyants. Elle souriait, elle riait, et pour la première fois de ma vie, je souris sincèrement. Cette soirée était magique. Moi, le plus célèbre des assassins de France, je m'amusais avec une proie. Et encore je me demandais si je n'étais pas moi-même la victime. Elle m'avait complètement ensorcelé. Après une partie de Cluedo, je demandai à la jeune fille, qui s'appelait Marie :

- Pourquoi m'as-tu invité à rester ?

- Parce que je sais que - elle toucha du bout de son index ma poitrine - tu es bon, répondit-elle.

Ça m'a fait réfléchir. Je lui souris et allai repartir lorsque Marie me rappela :

- Au fait, comment tu t'appelles ?

Je me figeai puis souris encore une fois.

- Oliver, dis-je avant de sauter.

Cette fille m'avait vraiment transformé. Je n'étais plus le même. Je remarquai même que je n'allais plus aux réunions, et on me le fit savoir... Seulement, j'avais la possibilité d'être solo, alors j'étais tranquille. Pendant deux semaines de suite, je suis allé voir chaque soir chez Marie, pour nous amuser. J'ai remarqué que je me sentais très à l'aise avec elle, son sourire me faisait chaud au cœur. On avait fait la fête tous les soirs, on faisait la cuisine ensembles et on s'amusait bien. Mais je savais que ça n'allait pas durer. Les autres assassins allaient finir par savoir. Pourtant, je ne me souciais pas de ma propre vie, mais de celle de Marie. Son sourire, sa bienveillance, et sa générosité pouvaient la conduire à sa perte...

***

C'était la veille de Noël. Paris était illuminée par les lumières qu'offraient les rues et j'avais dit à Marie que je passerai la voir. Mais lorsque je voulus passer par la fenêtre, comme d'habitude, elle était fermée. Impossible de l'ouvrir par l'extérieur. J'entrais donc dans l'immeuble et montai les étages pour rejoindre son appartement. La porte était complètement fracassée, au sol. Je pris peur, et entrai dans l'appartement. Tout était dans le désordre. Pourtant Marie avait une suite propre, mais là, c'était le bazar absolu. Je cherchai partout pour trouver la moindre trace de mon amie, mais rien. Je commençais à perdre espoir, lorsque j'entendis un gémissement. Cela venait de la chambre de Marie. Je m'y précipitai.

- Marie ? Marie, tu es là ?

Et je la vis, sous son bureau, tremblante. J'enlevai ma capuche et la fis sortir de là. Je la pris dans mes bras, pour la bercer. Elle ne pleurait pas, mais elle avait le hoquet. Je caressai son dos doucement et lui dit :

- Chut… Tout va bien, je suis là maintenant.

Je la fis asseoir sur mes genoux et je lui remis une mèche de cheveux derrière son oreille. Elle me regarda et me sourit. Dieu ! Cela me fit tellement plaisir de revoir ce sourire si charmant. Marie avait tout pour rendre heureuse une personne. Je l'examinai, regardant si elle n'était pas blessée. Apparemment non, juste une fine égratignure sur sa joue. Je lui demandai doucement qui était venu ici.

- Un de tes amis, me répondit-elle en souriant.

Je souris un peu, car sa naïveté était très mignonne mais je savais qu'il fallait maintenant qu'elle soit sur ses gardes. Puis, je me posai la question pourquoi un assassin serait-il venu la voir pour la tuer ? Elle n'a rien fait de mal, pourtant… J'écarquillai les yeux. Je venais de comprendre. Cet assassin était comme moi. Marie avait dû soi-disant le gêner dans une mission qu'il a ratée. Il a donc voulu se venger, comme moi j'avais souhaité le faire. Mais, lui, il a franchi le pas. Enfin presque. Marie me regardait en m'interrogeant du regard. Puis, elle sourit encore et posa une main sur mes cheveux pour les caresser.

- Oliver, ne t'inquiètes pas. Tout ira bien. Fêtons plutôt Noël ! J'ai préparé un bon repas pour le réveillon.

Je la regardai. Son visage était toujours rayonnant, et elle souriait tellement, que j'avais envie de venir emparer ses lèvres afin de goûter à la saveur de son sourire. À cette pensée, je me repris et la regardai encore. Je lui souris, et hochai la tête. Mais je savais qu'il fallait au plus vite régler cette histoire avec les assassins. Elle glissa sa main sur ma joue et de son pouce, elle la caressa doucement. Je pris sa main pour l'arrêter, sans même savoir pourquoi. Elle leva les yeux vers moi. Je rapprochai mon visage du sien, tandis qu'elle fermait ses paupières. Mes lèvres se posèrent lentement sur les siennes et je l'embrassai doucement. Elle me rendit le baiser avec tendresse. Puis, je me reculai, pour la regarder. Elle ouvrit ses yeux et me sourit. Et le lion tomba amoureux de l'agneau.

Jamais je n'aurais pensé que ça se finirait ainsi… C'était trop beau. Je pensais que j'avais rêvé, mais non. Marie et moi, nous nous étions embrassés. Et je ne savais même pas si c'était par pur amour ou non. Mais avec Marie, je conclus que oui, elle m'aimait.

Nous avons fêté Noël ensemble. C'était fabuleux. Ce réveillon qu'elle avait préparé à la perfection me rendait heureux, mais le plus beau cadeau que j'ai eu cette nuit-là, n'était pas seulement le sourire de Marie mais aussi son amour envers moi. Si seulement, cela avait duré…

J'étais un assassin.

Et elle, elle était la proie d'un autre.

Je devais la protéger.

Mais je n'y ai pas réussi.

Marie mourut sous l'attaque d'un assassin alors qu'elle traversait la rue pour me rejoindre près du Louvre. Un de mes amis m'ayant prévenu du danger qu'elle courait, je courus à sa rencontre pour en avoir le cœur net. Malheureusement, sous mes yeux, l'assassin avait brandi son poignard et l'avait planté dans le cœur de la jeune fille.

Sous mes yeux, elle tombait lourdement sur le sol devant tout le monde et l'assassin la regardait d'un œil ravi. C'était comme si on avait arrêté le temps… qu'on était passé au ralenti… Je voyais les cheveux de Marie flotter devant son visage si doux, si rayonnant… J'étais resté immobile, ne pouvant rien faire, les yeux écarquillés, figé d'assister à cette horreur, même si moi-même, j'étais un tueur en série.

J'avais perdu la plus belle chose au monde, devant moi.

Et devinez pourquoi on l'a tuée ?

Non pas parce qu'elle était une gêne.

Mais parce qu'elle souriait.

Juste pour son sourire, les gens se vexaient en la voyant et avaient demandé à cet assassin de l'éliminer le plus rapidement possible.

À présent, j'ai perdu l'amour de ma vie, je n'ai plus rien. J'ai quitté Paris. Je ne reviendrai que pour fêter l'anniversaire de Marie, sur sa tombe. Lors de son enterrement, j'étais présent. Sa famille était là, et quand elle m'a vu, elle s'était précipitée sur moi pour me remercier d'avoir tout fait pour Marie.

- Mais je n'ai rien fait, répliquai-je indigné.

- Oh si ! dit la mère. Vous l'avez aimé, et elle vous a aimé. Personne ne prêtait attention à elle. Vous êtes le seul à qui elle a pu parler en toute confiance.

Marie était toujours une personne pleine de mystère. Jusqu'à présent, je ne savais pas vraiment ce qu'elle ressentait. Maintenant, je sais qu'elle connaissait la répugnance des autres envers elle. Mais elle gardait le sourire, allait vers l'avant. Elle n'avait jamais baissé les bras.

Pour moi, Noël est devenue la fête de la joie. C'est une fête de bienveillance où le seul cadeau qui nous ouvre au bonheur est le sourire.

Quelques mois après son enterrement, sa mère est venue me voir pour prendre des nouvelles et aussi me révéler plusieurs choses concernant Marie. Je l'avais écoutée attentivement, essayant de ravaler mes larmes, car parler d'elle me faisait souffrir.

- Marie était une fille mystérieuse pour les autres... On lui disait souvent de regarder les choses telles qu'elles sont, mais elle restait dans son monde et transformait la réalité noire en une lumière apaisante, disait-elle.

Je hochais la tête. C'était exactement ce que je pensais d'elle. Puis, j'allais me lever pour raccompagner la vieille femme mais elle me retint encore un instant :

- J'aurai dû vous le dire plus tôt... dit-elle, mais un jour, elle m'a dit de vous dire ceci : " Si je meurs, je voudrais lui demander une faveur : celle de transmettre son savoir aux jeunes."

- Mon savoir ? demandai-je incrédule.

« Si je meurs... » Marie... Tu sentais déjà ta mort... Pourquoi ne m'as-tu rien dit ?

La mère me sourit mystérieusement et se leva. Elle se dirigea vers la porte d'entrée et avant de sortir, elle me lança :

- Je connais votre passé. Vous avez bien changé. Votre savoir serait peut-être... votre sourire.

À ce moment, je compris quelle était la faveur de Marie.

Les gens ne savent rien de la vie. Ils ne comprennent pas ce qui est précieux. Ils ne choisissent pas bien leurs amis, ni leurs ennemis. Ils ne font pas la différence entre le bien et le mal. Pour eux, tout est sacrifice, dénouement, et malheur. Mais pour moi, si je voyais une personne qui sourit, je lui dirais :

- Merci.

"Merci" de mettre en valeur le bonheur.

"Merci" pour ce présent qui comble la journée.

"Merci" d'illuminer ce monde endormi qui peu à peu, va se réveiller et ouvrir les yeux, afin de contempler la beauté de la nature.

Fin

Souvenirs de Lila

Je m'appelle Émilie. J'avais seize ans quand tout est arrivé. J'entrais dans ma classe comme d'habitude et posais mes affaires à une table au fond de la classe. Je me mettais toujours en retrait, jamais devant pour ne pas attirer l'attention de tout le monde. Le professeur entra dans la classe et s'installa derrière l'ordinateur. On pût commencer le cours. Je m'ennuyais sur ma chaise, je me balançais, dessinais sur ma feuille, bref, l'ennui total.

Je rêvassais, imaginais un monde sans faille, où personne ne vous dérangerait, où tout le monde serait heureux jusqu'à la fin des temps. Malheureusement, je revenais toujours à la réalité et je voyais un monde aussi noir que l'ébène, où tout le monde vous regarde de haut. Je détestais ce monde-là. Tout ce que je voulais, c'était être aimée, être intégrée. Mais, évidemment, ça ne se demande pas en claquant des doigts ! Mes parents ont divorcé quand j'avais six ans. Je suis restée avec ma mère pendant plus de trois ans, puis elle m'a abandonnée à mon père qui s'était trouvé une copine. Cette dernière ne m'aimait pas, et moi non plus d'ailleurs. Elle prenait toujours mon père pour aller je-ne-sais-où afin qu'il s'éloigne le plus possible de moi. Elle me donnait toujours quelque chose à faire, et me maltraitait, manifestant sa haine envers moi. Et papa, il n'en faisait rien. L'amour rend aveugle…

Quant au lycée, je n'essayais même pas d'imaginer. Un groupe n'arrêtait pas de me harceler chaque soir après les cours. Durant toute la journée, les garçons et les filles me jetaient des regards sadiques et à la sortie, je me retrouvais couverte d'égratignures et de cicatrices qui se rouvrent tout le temps, tellement j'ai été frappée. Mon seul jardin secret était ma propre chambre, où je pouvais pleurer en paix. J'écrivais dans mon journal intime toutes mes peines, mes peurs d'aller en cours et de revoir ma belle-mère. Pourtant, je gardais espoir qu'un jour ou l'autre, je sortirais de ce cauchemar.

Mais les jours passaient, et rien. Lorsque je passais près d'un groupe d'amis, ceux-ci me regardaient et se murmuraient :

- Tiens, c'est celle qui va avoir des soucis ce soir.

Oui, les gens savaient très bien que j'avais des problèmes. Mais ils ne faisaient rien pour m'aider. Personne ne me donnait du réconfort.

À la fin des cours, comme d'habitude, je sortais et tout à coup, je sentais une main m'entraîner dans une ruelle loin du lycée. Je me retrouvais plaquée contre le mur et un gars très costaud me gifla. Je m'étalai par terre, le nez en sang, la joue très rouge. Il me donna un coup de pied au ventre pour me faire basculer de l'autre côté, et se pencha vers moi, un sourire en coin.

- Bonjour Émilie… Comment on se retrouve ? dit-il en ricanant.

Une fille apparut et s'approcha de nous. Elle mit ses mains sur ses hanches et se tourna vers le garçon.

- Je t'avais dit de m'attendre !

- Je n'ai pas pu résister…

Je hoquetai et toussai. Je me relevai faiblement, mes jambes tenaient à peine debout, elles flageolaient. La jeune fille me regarda et éclata de rire.

- Eh bien, tu ne l'as pas ratée Tom ! Elle est beaucoup mieux comme ça.

Et les coups recommencèrent, de plus en plus forts, de plus en plus intenses. Je n'en pouvais plus. J'étais faible, et continuais de cracher ma salive et même un peu de sang par terre. Puis, quand ils se lassèrent de leur "jeu", ils s'en allèrent, me laissant seule, écroulée, face contre terre. Ce fut au bout d'une demi-heure que je pus me relever, bien qu'encore faible, et m'aidai du mur qui longeait la ruelle pour marcher. J'étais épuisée, anéantie. Mais je savais très bien ce qui m'attendait chez moi. Lorsque je franchis le seuil de la porte d'entrée, ma belle-mère était là, se frottant les mains. Je baissai la tête. J'enlevai mon manteau, du moins ce qui en reste… Il était complètement déchiré… Ma belle-mère, avec un sourire cruel, prit un fouet qui était sur un meuble.

Je la suivis jusqu'à la cave et je retirai mon haut. Et elle commença à lancer son objet de torture sur mon dos, ne laissant que des traces rougeâtres. Je ne criais pas. J'avais l'habitude. Mon visage ne faisait pas ressortir d'expression de douleur. Elle continuait, elle voulait au moins m'arracher un cri. Mais elle ne reçut rien. Aucune émotion ne se manifestait.

Après s'être amusée pendant une heure, elle me relâcha et m'envoya dans ma chambre en m'interdisant d'en parler à mon père, sinon elle redoublerait ses coups. À peine étais-je dans la pièce que je me blottissais contre ma porte et me mettais à pleurer. Les larmes roulaient sur mes joues, chaque fois c'était la même chose. Pourquoi moi ? Ces petites gouttes d'eau salée mouillant les coins de mes yeux tombaient par terre, sur le parquet, laissant des traces de sorte de petites flaques. J'avais l'impression que j'allais provoquer un torrent, tellement ma vie était horrible.

Et pourtant, je continuais à avancer… Je ne savais même pas pourquoi ni comment je supportais la douleur. J'avais bien pensé au suicide, mais si je choisissais de mourir, cela montrerait que les gens avaient raison de moi. J'avais toujours cet espoir que quelqu'un m'accepterait telle que je suis, et m'aimerait… Les contes de fée disaient toujours la même chose. Est-ce que moi aussi, je rencontrerai un jour une personne qui changera ma vie ?

Elle se fait bien attendre…

Je restais donc là, assise, recroquevillée sur moi-même, les joues rougies et mouillées, lorsque mon téléphone sonna. Je décrochai en faisant en sorte de cacher ma voix fondue par les larmes.

- Allô ? dis-je en tremblant un peu.

- Salut, c'est moi, Arthur ! Tu vas bien ?

Arthur était un camarade de classe. Il était toujours là pour me défendre, mais je savais qu'un jour, il me laisserait tomber comme tout le monde l'a fait. Je ne pouvais pas vraiment lui faire confiance. À quoi bon ? Il ne comprenait pas vraiment mes sentiments. Pourquoi devrais-je faire encore confiance alors que toutes les personnes à qui je me suis confiée m'ont abandonnée ?
Je me levais et m'allongeais sur mon lit, le téléphone à la main, tout en répondant à Arthur :

- Oui, ne t'inquiètes pas pour moi.

- C'est assez dur de ne pas s'inquiéter alors qu'on sait ce que tu vis.

Tout à coup, une grosse bouffée de colère éclata en moi. Ses paroles m'avaient irritée sur tous les points, je ne sais pas comment, mais ma colère fondit avec mes larmes. Je lui criai :

- Non tu ne sais pas ce que je vis ! Laisse-moi tranquille ! Je n'ai besoin de personne !

Et je lui raccrochais au nez sans même vouloir connaître sa réplique. Je me recroquevillai sur moi-même dans mon lit, en pleurant et hoquetant, puis finalement je m'endormis peu à peu.

Souvent, le sommeil était mon échappatoire pour que je puisse me reposer en paix. Je n'entendais plus rien. Le calme absolu était présent, plus aucun bruit, plus aucune frayeur, ni de douleur. J'étais enfin tranquille. Puis, soudain une lumière apparut devant moi. Une main sortit de cette lueur, tendue vers moi. J'entendis un rire cristallin sortir de nulle part, et la silhouette d'une jeune fille se dessina. Cette fille avait un grand sourire sur son visage. J'étais stupéfaite. Elle était belle... Ses cheveux blonds flottaient au-dessus de sa tête, ses yeux verts étincelaient de mille feux. Son corps revêtu d'une robe blanche comme neige dégageait une chaleur apaisante. Elle tendait sa main vers moi, moi qui me trouvais assise dans un coin le plus reculé. Je la regardais. Mes yeux rencontrèrent son regard. Il était doux et chaleureux... J'avais envie de prendre sa main...

Mais, tout de suite je me réveillais. On appelait à table. Je sortis de mon lit, frustrée et triste et rejoignis mes parents pour le dîner.

Cette fille était mystérieuse… Il fallait absolument que je prenne sa main pour découvrir qui elle est. Oui, c'est ce que j'allais faire. Rendez-vous au prochain sommeil…

***

Le dîner était servi. Ma belle-mère, moi et papa étions assis autour de la table et mangions en silence. J'arrivais à peine à mâcher tellement mes blessures me faisaient mal, mais je restais impassible. Je jetais un coup d'œil à ma belle-mère. Elle me lança un regard menaçant. Je baissais la tête et continuais à manger. Mon père termina son assiette, s'essuya à une serviette et s'exclama pour rompre ce silence :

- Ce dîner est exquis, merci ma chérie.

Ma belle-mère lui fit un grand sourire d'ange, un sourire rempli de mensonges et d'hypocrisie.

- Je suis ravie que cela te plaise, Georges, dit-elle.

Puis elle jeta un coup d'œil vers moi et ajouta avec une petite mine triste :

- Mais on dirait qu'Emilie n'apprécie pas mes plats...

À ces mots, mon père me regarda, furieux. Je connaissais ce regard. Un regard qui vous accable, un regard qui vous culpabilise de tous les maux, jusqu'à même vous rejeter. Il me réprimanda avec un ton qui grondait :

- Voyons, Émilie ! Fais honneur à ta mère ! Ces plats sont délicieux !

Ma …mère ? Ce monstre était ma "mère" ? Non. C'était hors de question. Jamais je n'accepterai cette sorcière dans la famille. C'est une véritable vipère. Tout ce dont je peux me contenter, c'est qu'elle n'est pas encore mariée avec papa. Alors, jamais, au grand jamais, je l'appellerai "maman". Je me levais donc précipitamment et courus dans ma chambre. Mon père, surpris, me suivit du regard et ouvrit la bouche pour me rappeler mais sa petite amie le pria de ne rien dire et de me laisser faire. Je l'ai même entendu déclarer :

- Laisse-la. Profitons de ce moment tous les deux…

Quelle peste ! Comment peut-on être aussi égoïste, hypocrite qu'elle ? Je me jetais sur mon lit, en pleurant encore et encore. Je ne pouvais pas m'empêcher de pleurer et même si je commençais à avoir mal à la tête, je continuais... Puis, tout à coup, je repensais au rêve que j'avais fait, il y a juste une heure... Cette jeune fille si belle et si souriante me tendait la main, et avait un air très mystérieux. Pourtant, elle dégageait une odeur agréable et chaleureuse. Elle m'attirait sans que je le sache vraiment. Je me dis donc que la revoir ne serait pas désagréable. Petit à petit, à mon bon plaisir, mes yeux se fermèrent doucement et je m'endormis, entrant dans le monde des rêves.

Comme je l'avais deviné, la lumière blanche apparut encore, m'éblouissant dans toute sa splendeur. J'étais assise à la même place, la plus reculée du monde et une main sortit de la lumière éclatante, tendue vers moi. La même silhouette que j'avais vu auparavant se dessina encore et la jeune fille aux cheveux d'ange apparut dans mon champ de vision. Qu'elle était belle... Et quel beau sourire... Elle tendait toujours sa main vers moi, et aussitôt je la pris. Ma main ressentit une douce chaleur, qui se propagea dans tout mon corps. La jeune fille ouvrit la bouche et un rire doux et cristallin en sortit. Elle me tira dans cette lumière, tellement éblouissante que je devais fermer les yeux afin de ne pas devenir aveugle. Je ne savais pas où on allait, mais mes pieds ne touchaient pas le sol. C'était incroyable et terrifiant à la fois. Je m'accrochais donc bien à la jeune inconnue. Une voix me fit ouvrir les yeux :

- Ne t'inquiètes pas, tout va bien. Je suis là.

La jeune fille me regardait en souriant et prit ma deuxième main dans la sienne. J'étais surprise et touchée. Sa voix était très douce et inspirait la confiance et la bonté.

- Qui es-tu ? demandai-je.

- Je m'appelle Lila. Et toi, tu es Émilie, n'est-ce pas ? dit-elle.

Je restai interdite un instant puis m'exclamai :

- Comment sais-tu mon nom ?

Lila éclata de rire. Ce rire me frustra mais en même temps, me rassurait je ne sais pas pourquoi.

- Il y a beaucoup de choses que tu dois connaître. Mais ici, ce que je vais t'apprendre, c'est vivre, dit-elle sérieusement, mais toujours en souriant.

- Vivre ?

Elle me sourit et pointa du doigt quelque chose. Je plissai des yeux et j'observais un magnifique paysage montagneux, où l'on pouvait voir un grand lac bleu aux reflets du soleil. Des oiseaux volaient au-dessus de nous, et certains plongeaient vers le lac pour pêcher des poissons. Lila me tira encore doucement et on atterrit sur terre au milieu d'une grande prairie de fleurs. Elle lâcha à ce moment-là ma main et courut un peu dans l'herbe, avant de faire une petite pirouette et se tourner vers moi en levant les bras.

- Alors, tu le trouves comment, mon monde ?

J'étais bouche bée devant elle, ne sachant pas quoi répondre. Tout semblait tellement réel, même si ce n'était qu'un rêve, mais la voir aussi souriante, aussi joyeuse, me donnait envie de répondre : « Oui ! » Oui, ce monde était merveilleux ! Alors, je hochais la tête en m'exclamant :

- C'est magnifique !

Lila fit un grand sourire et s'approcha de moi. Puis, elle s'arrêta, proche de moi, et caressa mes cheveux blonds vénitien. Elle sourit encore plus et me dit soudainement :

- Viens ! Je vais te faire des tresses !

Sans attendre ma réponse, elle me fit asseoir et commença à me coiffer soigneusement. Les tresses qu'elle faisait étaient attachées avec des tiges de fleurs qu'elle cueillait au fur et à mesure. Ses mains délicates passaient par la raie de ma tête et doucement, les glissait vers l'arrière. Je fermai les yeux, heureuse qu'on prenne soin de moi. Enfin, elle termina sa manœuvre et me releva. Elle prit ma main et m'emmena à une rivière pour que je puisse me regarder dans mon reflet. Lorsque je vis mon visage, j'aperçus un sourire que dessinait ma bouche. Surprise, je reculai un peu. Puis, je me reprenais, et revenais sur mes pas pour voir ma coiffure. Lila avait parfaitement réussi les tresses. Je me tournai vers elle et lui dis avec un air enjoué :

- Merci !

- Il n'y a pas de quoi ! répondit-elle.

Elle souriait encore et toujours. Mais tout à coup, elle prit ma main et la serra doucement. Je la regardais. Ses yeux bleus avaient un sentiment de tristesse dans le regard. Mais son sourire était toujours là.

- Émilie… dit-elle. Promets-moi de ne parler à personne de notre rencontre.

Je restais interdite un moment, clignant des yeux, ne comprenant pas. Puis, je lui souris et promis. Elle dit alors en mettant son index sur sa bouche, signe de silence :

- Ce sera notre petit secret.

Et à l'instant, je me réveillai. Mon réveil sonnait. Je l'éteignis et m'assis sur mon lit. Je touchais mon visage, encore étonnée de ce qui venait de se passer pendant mon sommeil, et glissais mes mains dans mes cheveux. Je n'avais plus de tresses, mais je sentis quelque chose de doux accrochée à une mèche. Je pris cette chose dans les mains, en faisant attention à ne pas arracher mes cheveux et regardais ce que cela pouvait être.

C'était une pâquerette. Ce fut à ce moment que je sus que ma vie allait changer…

Je marchais dans la rue pour prendre le bus. Je repensais sans cesse à mon rêve de la veille et de cette fille si souriante… J'avais hâte de la revoir, hâte de revenir dans ce monde merveilleux. Le réel n'était plus un fardeau, mais l'illusion était mon monde. Tout ce qui était invisible pour les gens autour de moi était visible pour moi. Je sentais une présence près de moi qui semblait protectrice à mon égard. Je soufflai un bon coup, gonflant mes poumons et relâchant, prête à affronter la journée. Je continuai donc à marcher, confiante. Les gens autour de moi étaient soit au téléphone, soit marchaient très vite, comme si leur vie en dépendait. On vit dangereusement, sans jamais savoir ce qui allait nous arriver. On faisait des hypothèses sur notre avenir, et souvent, l'on restait pessimiste. L'optimisme n'existe pas ; il n'y a que le négatif, le positif se retrouve sombre.

Mais étrangement, ce positif, ce petit plus revenait peu à peu pour remplir mon esprit d'un liquide invisible blanc.

Je jetai un coup d'œil autour de moi. Chez un vendeur de journaux, on pouvait voir à première vue un grand titre qui s'intitulait : « LE DIAMANT DE NÉFERTITI A ÉTÉ

VOLÉ. » Je me demande si un jour, on pourra prendre conscience de la chose la plus précieuse qu'on a ici dans le monde… On le dit souvent, mais est-ce qu'on le pense vraiment ?

Le bus arrivait. Je montais dedans tout en réfléchissant. Cette jeune fille, Lila, pouvait être n'importe qui. Était-ce ma conscience qui me parlait ? Prenait-elle forme humaine pour me faire face ? Toutes ces questions me tourmentaient. Je ne savais pas où je pouvais me tourner. Alors je soupirai, et regardai devant moi. La journée allait être longue…

Une semaine passa. Tous les jours, je connaissais une journée pourrie et une soirée merveilleuse. Il y avait d'un côté le noir, de l'autre le blanc. Chaque soir, je m'endormais le sourire aux lèvres et retrouvai le monde des rêves ainsi que Lila. Elle était toujours là avec le sourire et ses cheveux blonds étaient toujours aussi beaux, ainsi que son visage radieux. Et le lendemain, lorsque je me réveillais pour aller en cours, je quittais avec tristesse mon lit. Mais si j'avais regardé un peu plus attentivement, les gens ne faisaient plus vraiment attention à moi, et… sûrement me laissaient tranquille ?

Un jour, je rêvassais dans mon coin, toujours à la même place, en attendant le professeur. La classe faisait un sacré vacarme, mais ce n'était pas nouveau. Les surveillants passaient régulièrement pour nous dire de nous taire, mais rien n'y faisait. Je gribouillais sur mon cahier lorsqu'Arthur est venu vers moi et posa sa main sur mon bureau. Je levai les yeux vers lui, et sentis son air déterminé à me dire quelque chose. Je voyais aussi que son visage exprimait de la gêne, ses cheveux bruns étaient mieux coiffés que d'habitude et ses yeux marrons semblaient plus intenses dans le regard.

- Quoi ? fis-je d'un air las.

Il soupira puis s'exclama :

- Émilie… Est-ce qu'on pourrait faire la route ensembles à la fin des cours ?

- Non.

Ma réponse était directe. Il était hors de question que ce mec me raccompagne chez moi ! Arthur avait peut-être de bonnes intentions, mais je ne voulais pas qu'il voie ce qui se passe chez moi. Je ne voulais pas qu'il s'inquiète… Je ne voulais pas… Pas quoi ? J'ai été égoïste…

Arthur est resté silencieux face à moi. Puis il a serré le poing, en baissant la tête avant de dire d'un ton froid :

- Je sais ce que tu ressens ! Je veux t'aider !

Je me levais, furieuse, le regardant d'un air menaçant :

- Comment peux-tu dire ça ? m'écriai-je en colère. Personne ne peut comprendre ce que je vie !

- Pourquoi tu ne veux pas que je t'aide ? demanda-t-il, irrité.

- Parce que je n'en veux pas !

- Crois-tu vraiment être la seule à connaître le malheur ?

À ces mots, je voulus ouvrir la bouche, sans trouver d'arguments pour répondre à cela. Je m'assis alors à ma place et rétorquai sans même le regarder :

- Laisse-moi.

Je n'ai pas vu son expression de visage, mais à mon avis, il devait me mépriser. C'est mieux comme ça. Je soupirai et le professeur entra en ce moment. Les cours se finirent rapidement. Étrangement, je n'ai pas eu de problèmes à la sortie. On me laissait tranquille. Et quand je rentrais à la maison, ce fut la même chose. Ma belle-mère m'évitait. Je ne compris pas le pourquoi du comment mais cela me convenait. J'allai dans ma chambre, posai mon sac et l'ouvris. J'en sortis une boîte de médicaments : des somnifères. Ces derniers temps, plus les jours passaient, moins j'arrivais à trouver le sommeil. Et, ma seule raison de vivre avait été fixée.

Je pris un verre d'eau et avalai la petite capsule. Enfin, après avoir attendu un certain temps, je m'endormis dans mon lit. Comme je m'y attendais, j'atterrissais dans le monde merveilleux des rêves et je retrouvais ma meilleure amie, Lila. Cette fois, elle semblait triste dans son regard, mais elle souriait toujours. Je haussai un sourcil incrédule et demandai ce qu'il n'allait pas. Sa réponse me frappa au cœur :

- Pourquoi as-tu refusé ? me demanda-t-elle.

Elle le savait. Elle lisait au plus profond de moi. Je baissais la tête et serrais les poings.

- Ce n'est pas tes affaires, dis-je sèchement.

Silence. Je regrettais ma réponse. En réalité, j'avais besoin d'aide, je le demandais, mais je me l'en empêchais. Je sentis Lila s'approcher de moi. Elle me dit doucement :

- Viens, je vais te montrer quelque chose.

Sans attendre ma réponse, elle prit ma main et m'emmena dans une grotte où l'obscurité dominait la place. Je regardais autour de moi. Tout était noir… Je n'avais jamais vu quelque chose d'aussi noir dans ce monde. Le noir n'existait pas, enfin je le croyais jusqu'à maintenant. Lila toucha la paroi et tout à coup, un fil d'images défila devant moi.

- Tu te trouves dans mes souvenirs, m'expliqua Lila. Regarde bien.

Je plissai des yeux afin de mieux observer ce qui se passait. Et ce que je vis me terrifia au plus haut point.

Une jeune fille, qui devait être mon amie, se faisait harcelée physiquement et psychologiquement dans un couloir, jusqu'à même se faire violée. Ce qui me marqua, c'était cette violence, cette répugnance envers elle. J'aperçus un liquide rouge sortir de je ne sais où : du sang. J'écarquillai les yeux. Lila se faisait maintenant torturée de partout. Elle avait la tête baissée et ne criait absolument pas. Au contraire, elle souriait. Ce sourire me frustra, me mit en colère. Comment pouvait-on sourire dans des moments pareils ? Comment pouvait-elle accepter ce sort ? Personne ne pouvait être aussi odieux sur une personne si gentille… Tout ce que je voyais, c'était la pure méchanceté, celle que l'on ne retrouve que chez des sauvages. Lila semblait encaisser tous les coups et une fois, j'avais même entendu :

- Arrête de sourire, ça m'énerve !

Je sentis mes larmes couler sur mes joues. C'était horrible, on aurait presque dit un film d'horreur.

Soudain, j'eus une illumination. Si c'était Lila que je voyais dans ces images, alors qui était cette fille à côté de moi ? Je me tournais vers la concernée et celle-ci comprit tout de suite. Elle me sourit tristement en disant :

- Une vie n'est pas éternelle, Emilie.

Cela m'enlevait les mots de la bouche. Lila était… Cela me semblait logique, mais c'était… horrible… Elle était morte sous les coups de ces ravisseurs. J'appelais ça un meurtre ! À l'assassin ! Comment pouvait-elle être heureuse ? Lila ferma les yeux doucement avant de les rouvrir et élargir un sourire radieux. En la voyant faire, je ne pus retenir plus longtemps mes larmes et me jetai à son cou en pleurant. Elle me serra dans ses bras, caressant son dos et me murmurant des mots doux. Je ne pouvais accepter cela… Lila n'avait jamais mérité ça… Non… Personne…

Les jours suivirent encore et encore. Chaque soir, je prenais un somnifère et m'endormais rapidement. Chaque jour, j'allais en cours avec l'espérance de sortir vite de la classe et de rentrer à la maison. Ma belle-mère me jetait toujours des regards noirs mais étrangement, elle ne me fouettait plus.

Le monde autour de moi commençait à changer sans que je sache pourquoi. Arthur me jetait des coups d'œil, je sentais qu'il voulait me parler mais, comme je l'avais deviné depuis le début, il ne le fit pas. Mes harceleurs ne me firent plus rien, mais chaque fois que je les regardais, ils fronçaient les sourcils et me tournaient le dos. Finalement, on me laissait tranquille. Ce n'est pas plus mal. Tout ce que je voulais, c'était retourné dans mon lit et m'endormir vers le monde des rêves.

Un soir, je rentrais chez moi et lorsque j'ouvris la porte, mon père était là devant moi, adossé au mur. Il avait l'air très embarrassé mais lorsqu'il m'a vue, il me porta un sourire joyeux. Je haussai un sourcil et demandai :

- Qu'est-ce qu'il y a ?

Il reprit son souffle comme s'il allait m'annoncer une bonne nouvelle et s'exclama :

- Iris et moi, nous allons nous marier ! Tu vas enfin pouvoir l'appeler maman !

À ces mots, une boule se forma dans mon ventre. Mon sac tomba par terre. J'étais déboussolée, en colère, triste, toutes les émotions possibles négatives. Cette femme allait devenir ma mère… Cette femme qui m'a faite endurée toutes ses choses… Je ne pouvais pas accepter ceci. Sous les yeux de mon père, je courus dans ma chambre et claquai la porte. Mon père m'avait suivie et toqua en demandant doucement :

- Qu'est-ce qu'il y a, ma chérie ? Ça ne va pas ?

- Laisse-moi tranquille ! lui criai-je.

- Émilie…

- Non !

Silence. J'entendis des pas s'éloigner. Il était parti. Je commençais alors à pleurer, à hurler dans ma chambre. Quelle injustice ! Quel malheur ! Pourquoi tout cela n'arrivait qu'à moi ? N'y avait-il personne pour m'aider ? Si… Il y en a une…

Mon regard se posa sur la boîte de médicaments. Cette boîte de merveilles m'avait beaucoup aidée jusqu'à présent, même si cela avait des conséquences sur la journée : je dormais en cours, à la récréation, en plein milieu du dîner, etc… J'avais commencé à sentir des douleurs au ventre, à la tête et mes jambes commençaient à flageoler. À cet instant, je ressentis la même chose. Un violent mal de tête s'abattit sur moi. Ma respiration devenait de plus en plus lourde et intense, et même je suffoquai et toussai. Je posai ma main sur le mur blanc de ma chambre pour m'aider à marcher jusqu'à mon lit. Je m'assis et regardai encore la boîte.

Je devais faire un choix. Pas le temps. Il y avait tant de choses qu'il fallait que je découvre. Tant de mystères qui ont le mérite d'être percés…

Mes paupières devinrent lourdes. Ma tête se posa doucement sur mon oreiller, et le sommeil profond prit le dessus.

Tout à coup, je vis du noir. L'obscurité totale marquait son territoire dans le monde. Un chemin rocailleux apparut petit à petit devant moi et, tout au bout se trouvait Lila. Elle me tournait le dos, observant face à elle, la destruction du monde des rêves. Tout s'écroulait sous mes yeux. Et je ne pouvais rien faire.

- Pourquoi ?

La voix remplie de tristesse de Lila raisonna dans mes oreilles. Les larmes montaient et je restais immobile. Je voulais bouger pour courir vers mon amie, mais mes jambes restaient clouées au sol.

- Pourquoi as-tu fait ça ?

La jeune fille aux cheveux blonds se retourna vers moi. Son sourire disparaissait peu à peu, ses cheveux flottaient dans le vent. Et son air triste se voyait à deux kilomètres à la ronde. J'éclatai en sanglots et m'agenouillai.

- Pardon ! m'exclamai-je. Pardon ! J'ai été égoïste... Je ne comprenais pas ce que tu voulais dire par « vivre » et « sourire ». J'ai été faible...

Mes larmes tombaient lourdement sur le sol qui devenait néant. Une main se posa délicatement sur mon épaule ce qui fit relever ma tête. Lila s'était accroupie face à moi et me regardait avec tendresse. En la regardant dans les yeux, mes pleurs redoublèrent. Elle me prit dans ses bras, me serrant. Je pleurais contre son épaule. Elle sourit doucement et me murmura :

- Je te pardonne.

Et, dans une volée de lumière, elle prit ma main et m'emmena vers les cieux lumineux remplis de nuages de bonheur. Son sourire éblouissait ses nuages et, en voyant toute cette joie, je compris que j'avais enfin trouvé mon bonheur...

Postface

Ce que je pense de mes nouvelles

Lorsque j'ai écrit ces deux nouvelles, je me suis dit que je devais changer la fin. Cela me rendait triste ces fins tragiques et j'ai même failli changer ! Mais en fin de compte, c'était plus logique de les laisser telles quelles… C'est la première fois que je fais mourir des personnages importants. En effet, je m'arrangeais toujours pour que ces personnages survivent même dans des cas extrêmes. Mais lorsque je faisais lire mes histoires, il y en avait toujours deux qui disaient que c'était trop cliché, et que je devais d'abord me concentrer sur l'attente des gens. Sauf que s'abaisser à ça n'était pas bon pour moi. Cela aurait voulu dire que je n'avais aucune imagination… L'écrivain est maître de son œuvre, pas les lecteurs. Vous pouvez dire tout ce que vous voulez, je ne prendrai pas compte de votre jugement.

C'est à moi de choisir l'avenir de mes personnages.

Après avoir écrit ces nouvelles, je me suis rendue compte que je parlais aussi des préjugés des gens dans le monde. En effet, lorsque nous voyons une image par exemple, nos critiques se reposent sur les apparences et non sur la qualité et les expressions. Tenez, il y a un émoticône sur votre téléphone qui sourit très simplement. À première vue, vous avez l'impression que son sourire simple cache des arrières pensées. En réalité, son sourire est juste bon et a même un côté mignon.

Le monde a beaucoup d'attentes sur nous, les écrivains. Il faut toujours le satisfaire. Non sommes libres après tout, pourquoi devrions-nous nous plier sur des demandes qui semblent obligatoires ?

Très souvent, ses attentes sont sur l'originalité de l'œuvre, c'est-à-dire du nouveau, pas de plagiat et aucun cliché. Comment voulez-vous que nous trouvions l'œuvre parfaite ? Nous ne sommes que des êtres humains, chacun a ses propres pensées, son imagination, son inspiration. L'imagination peut être partagée ou non, et très souvent, elle est similaire. *Assassin contre sourire* en est la preuve. Ce n'est qu'une réécriture d'Assassin's Creed, non un plagiat. Il y a peut-être les mêmes termes utilisés, mais à partir de ça, je crée mon propre univers…

On m'a beaucoup reprochée le fait que je disais mon avis, etc… En particulier, avec mes amies, je parle souvent d'anecdotes sur ma famille, une amie me l'a reproché et je me suis sentie un peu coupable à ce moment-là. Comment parler aux gens avec les bons mots ? C'est impossible… Il faut toujours être en rapport avec le sujet, ne pas trop oser… Résultat : nous devenons hypocrites. Au final, je me suis renfermée sur moi-même et j'ai réfléchi. J'avais juste envie de crier : « Laissez-moi, c'est ma vie, pas la vôtre ! »

Je suis une fille assez réservée, alors je ne dis pas vraiment mon avis, du moins j'essaie.

J'ai connu une enfance difficile où l'on me rejetait et me regardait de travers chaque fois que je prenais la parole. Pourtant, toute naïve que j'étais, je continuais à sourire. Cependant, les conséquences de cette expérience se sont révélées très tardivement au collège : je pleurais très souvent, ce qui a donné sur moi une étiquette et j'en ai subi les conséquences. Les larmes que je n'avais pas versées en primaire sont sorties. La 3ème a été très dure pour moi alors que j'avais trouvé enfin des amies. J'ai tout gâché en croyant qu'elles m'ignoraient et j'ai connu un autre "rejet". J'ai pu m'en sortir, car j'avais d'autres amies sur qui je pouvais compter et aujourd'hui, tout va pour le mieux. Le groupe avec lequel je m'étais embrouillée est peut-être distant avec moi, ou sûrement inversement, mais j'espère qu'un jour, je pourrais oser casser cette vitre qui nous sépare et que l'on retrouve cette amitié perdue. À moins que cela doit être déjà fait… En tout cas, ma timidité disparaît petit à petit, même si personne ne le remarque.

Il faut toujours oser dans la vie. Cela permet de vivre.

Je ne peux pas connaître les ressentiments des gens qui dépriment mais je peux leur montrer combien la vie est un don. Elle nous a été donnée et qu'importe ce qu'elle donne pour nous, nous devons faire face aux obstacles.

Comment j'ai écrit ces nouvelles

C'est avant Noël justement, que j'ai écrit *Assassin contre sourire*. Au début, le titre était "un sourire" mais au fil du temps, je me suis dit que je devais changer le titre pour des raisons qui me sont inconnues aujourd'hui. J'aurai voulu écrire un roman dessus, mais j'ai préféré m'abstenir. Ma première lectrice fut ma meilleure amie et elle m'a complimentée sur cette nouvelle. En effet, j'avais écrit d'autres livres auparavant, mais celle-ci est mon chef d'œuvre.
Plusieurs mois plus tard, elle est revenue me voir en me demandant de faire une suite. Je

ne sais pas si j'aurais le temps de tout finir, mais effectivement, si j'en ai le courage, *Assassin contre sourire* a bien une suite ! Ce sera un roman, mais je ne vous en dis pas plus sur le moment.

Souvenirs de Lila n'aurait pas dû être là, après ma première nouvelle. C'est-à-dire que je n'avais pas vraiment de raison pour l'écrire. Mais l'intervention d'une personne a provoqué sa parution. Cette personne m'avait expliqué que je ne pouvais pas comprendre les sentiments de chacun et que ma nouvelle n'était que de la répétition du genre "Disney". Malheureusement pour elle, je n'ai pas cédé à remettre en question mes idéaux. J'ai continué à écrire, et c'est là que j'ai construit la vie d'Emilie.

J'ai connu beaucoup d'épreuves pendant l'écriture de mes histoires mais je suis heureuse de voir qu'elles plaisent. J'aime observer ce monde, le décrire, et percevoir chacune de ses qualités. Les défauts se voient très bien, les habitudes aussi, mais les qualités sont difficiles à apercevoir ainsi que les expliquer correctement. La principale qualité du monde est la vie, vient ensuite la nature et etc... Ne soyons pas aussi pessimistes, à quoi le monde ressemblerait si nous ne ressentions que des sentiments négatifs ?

Soyons honnêtes envers nous-mêmes. On le répète souvent, mais on n'insiste pas assez sur ça.

Déprimer ne servira en aucun cas pour vos projets futurs. Vous n'en avez pas ? Eh bien, souriez d'abord, on verra après.

***

Voici des petits textes que je vous invite à lire et à réfléchir.

Rendre justice par la haine est impossible sans regrets ou traumatisme. C'est pour cela que le pardon existe. Pardonner, ce n'est pas oublier, ni donner une seconde chance. C'est s'apaiser et montrer que nous avons vaincu la haine. Le pardon paraît parfois impossible lorsqu'il s'agit d'une terrible trahison, ou même lorsque l'on a tué quelqu'un. Mais ce n'est pas vrai. Les personnes disant que pardonner ces cas-là est impossible ne comprennent pas le sentiment de détresse. Pardonner, c'est faire la paix avec soi-même. Car c'est lutter contre la haine. C'est un acte personnel. Lorsque je dis « s'apaiser », il ne faut pas le confondre avec « se soulager ». Se soulager en pardonnant est un acte négatif et même, c'est se tromper envers soi-même.

Si la personne que l'on pardonne ne regrette rien, nous ne pouvons rien y faire mais cela ne veut pas dire que le pardon n'aura servi à rien. Au contraire, il nous aide à faire un pas en avant car nous avons vaincu l'obstacle de la haine. Il n'est pas question de la personne qui a fait du mal, mais de nous.

Aussi, pardonner ne veut pas dire que l'on restera en contact avec la personne. Nous devons l'aimer, mais nous pouvons ne pas l'apprécier. Car apprécier est différent d'aimer. Apprécier veut dire que l'on supporte bien sa compagnie car on apprécie sa personnalité. Si celle-ci nous dérange, on peut ne pas l'apprécier et l'on peut couper toute relation avec elle mise à part celle de l'amour car rien, sauf la haine, ne peut la rompre.

Nous pouvons donc rendre justice, en société, tout en pardonnant à la personne. Parce que le pardon est la victoire de l'amour sur la haine.

Pardonner est-il difficile ?

Oui, mais c'est possible.

Demander pardon l'est-il aussi ?

Oui, mais c'est possible.

Le pardon est une clé qui ouvre votre cœur. Ce n'est pas pour satisfaire quelqu'un, c'est pour donner la paix à votre cœur, l'ouvrir au monde. Si vous ne l'ouvrez pas, qu'arrivera-t-il à votre humanité ?

Quelle que soit la circonstance, seriez-vous prêt à pardonner ? À demander pardon ?

***

Vivre, c'est être libre. Être libre, c'est vivre. Quelqu'un te dira: "Profite de la vie !" Moi je te dirai: "Vis simplement et humblement." La vie est commune, mais elle est aussi individuelle. Elle t'appartient, elle t'est donnée. La vie est semblable à une jeune fille frêle et fragile que tu dois protéger. Comme le dit Sainte Mère Térésa: "La vie est précieuse, soigne-la bien." Et pourtant, en ce monde, la vie est un choix difficile. Entre vivre et mourir, si la situation t'est néfaste, horrible, que choisirais-tu ? Par conséquent, écoute-moi bien. La vie et la mort sont deux parties différentes qui s'assemblent, s'unissent. Vivre, c'est être libre; la mort, c'est te rendre prisonnier.

La mort fait partie de la vie, parce que la vie est elle-même une prison. Pour en sortir, il faut mourir. Mais, cette prison est vaste, peut-être belle si tes choix sont bons, et tu n'es pas seul. Alors que la mort devient un gouffre, une prison sombre, solitaire.

Vivre, être libre, c'est savoir partager. C'est demeurer dans l'amour. Une personne qui vit sans amour, c'est une âme de perdue. Parmi les hommes, l'amour n'est peut-être pas parfait, mais cela est suffisant pour tout donner aux autres. Et qui nous dit que l'amour existe bel et bien, dans nos cœurs ? Comment ne pas aimer ses propres parents, ses frères et sœurs, ses amis, les autres ? Aimer, c'est vivre. Vivre, c'est aimer.

Aime-toi, aime les autres. Car la vie peut être longue comme elle peut être courte. Si tu choisis de mourir, c'est oublier tout cet amour, toute cette préciosité. Il y aura forcément quelqu'un pour te pleurer, tu n'es pas seul ! Et tu ne le seras jamais. Tu es une perle au milieu d'autres. Parce que vous êtes tous uniques. Si tu maudis l'amour, tu te maudis toi-même. Une personne qui a perdu tout amour, c'est une personne malheureuse. Mais l'amour peut être retrouvé. C'est une grâce infinie.

Alors, vis. Parce que tu n'as qu'une vie, mais plein d'amour. Vis, parce que tu as toujours quelque chose à offrir. Vis, parce que nous, nous t'aimons tel que tu es.

Rie, nous rirons avec toi.
Pleure, nous pleurerons avec toi.
Console, nous consolerons avec toi.
Nous formons le monde. Nous sommes le
monde.

Même si un jour, tu connaîtras la mort, ce
ne sera pas toi qui auras choisi de mourir,
mais ce sera la mort qui viendra à toi. N'aie
pas peur de la mort. Parce qu'elle fait partie
de la vie. Et si elle vient à toi, et non que tu
viennes à elle, tu connaîtras la vie éternelle.

On l'oublie souvent mais quand on s'y in-
terroge, la vie n'est pas si dure que l'on ne
le croit. C'est plutôt nous qui la rendons difficile avec cette société qui essaie de dé-
truire tout espoir de vivre.
Evidemment on fait de son mieux, mais
pour ne pas se laisser guider ?

Minuit sonnera,
La porte s'ouvrira,
Et alors dans le complet noir,
Une lumière nous guidera tel un phare.
Cette lumière s'appellera...
Espoir.

Au fond du couloir,
Tu étais assise seule dans le noir,

Pleurant dans ta solitude.
Tu ne supportes plus cette vie rude.

Mais une main sortant de nulle part,
Viendra te chercher dans ton désespoir.

Toi, découvrant les abîmes,
Protège avec un cœur richissime,
Car les proches ne se trouvent qu'avec curio-
sité.
C'est avec cela que tu dois chercher.

Parce que le soutien n'est qu'une goutte
Parmi des milliers de doutes.

C'est en voulant trouver un secret,
Que tu en découvres d'autres plus fermés
En ce monde si désolé.

C'est avec le sourire que tu consoles,
C'est avec l'espoir que tourne ta boussole.

***

Remerciements

J'avais écrit ce poème (dernièrement) dans l'espoir de montrer que la vie n'est peut-être pas un long fleuve tranquille, mais c'est à nous de nous relever face à nos murs.

Ma vie pourrait s'illustrer à plusieurs murs que j'ai rencontrés mais j'ai toujours eu ma famille et mes amis près de moi pour m'aider. Je les remercie encore et encore, même si ce n'est pas facile tous les jours. Je sais qu'ils seront toujours là.

Je ne suis peut-être la meilleure amie de tous les temps, mais je fais de mon mieux et j'espère que vous apprécierez ces histoires que je vous offre.

Je ne suis peut-être pas si populaire que ça, je ne suis peut-être rien à côté des grands mais j'essaie de vivre au mieux et d'écrire chaque jour afin d'éveiller quelques doux signes de bonheur. J'ai toujours cru que chaque personne sur cette terre restait unique, j'ai toujours cru qu'avec volonté et moyen, on pouvait presque tout faire.

Finalement, tout ce que j'ai vécu, ce n'était peut-être rien comparé aux années à venir ?

C'est vrai que j'ai peur de ce que j'allais vivre dans le futur, cependant je crois fermement que j'arriverai à m'en sortir.

Créer un monde où tout le monde pourrait se retrouver, ce fut un rêve devenu réalité. Je remercie tous ceux et toutes celles qui m'ont soutenue. Ils savent que je ne suis pas tout à fait la petite timide qui se renferme haha.

Et pour conclure, je remercie avant tout mon ange gardien. Il est toujours là pour me guider, veillant sur moi jour et nuit. C'est à lui que je dédie ce recueil de nouvelles, ainsi à tous mes proches, évidemment.

Merci pour avoir lu ce recueil, en espérant que cela vous a plu.

Merci à ma mère qui m'a tant épaulée durant les périodes troubles et qui continue tant bien que mal à m'aider à ne pas tomber dans le gouffre.

Merci à mon père qui veille sur moi.

Merci à mes chères amies Emmy, Lina, Alexandra et Charlotte. Notre amitié restera toujours forte !

Je vous laisse le loisir d'aller lire *Le Poignard du Sourire*, si vous voulez maintenant la suite de la première nouvelle !

A bientôt.